Espera y verás

escrito por Robert Munsch
ilustrado por Michael Martchenko

traducido por Rigo Aguirre

Annick Press
Toronto • New York • Vancouver

El día del cumpleaños de Olivia, su mamá le preparó un enorme pastel y le dijo: —Pide un deseo y sopla las velitas.

A Olivia le gustaba mucho la nieve, y aunque aquel día era un caluroso día de verano, decidió pedir nieve. Quería que fuera mucha, así que pidió **NIEVE, NIEVE y más NIEVE**.

Entonces respiró profundamente:
  Ahhhhhhhh,

y sopló fuertemente las velitas:
  Ffffffffffff.

Su papá le dijo: —Bueno, Olivia, ¿qué fue lo que pediste?
Olivia contestó: —Pedí **NIEVE, NIEVE y más NIEVE.**

—Pues… mira por la ventana —dijo su papá—. No
puedes pedir nieve. ¡Estamos en verano! Y en verano no
cae nieve. Creo que eso no se te cumplirá.

Olivia dijo: —Espera y verás.

Cuando la fiesta terminó y los niños se iban a sus casas, abrieron la puerta principal. Había nieve abajo de la puerta, en medio de la puerta y hasta arriba de la puerta. Toda la casa estaba cubierta de nieve.

Olivia corrió hacia la cocina y gritó: —Mami, papi, mami, papi, mami, papi: **NIEVE, NIEVE y más NIEVE.**

La mamá y el papá dijeron: —¿Nieve en el verano? ¡Esta niña se ha vuelto completamente loca! Entonces abrieron la puerta principal de la casa y gritaron: —**¡AHHHHHHHHHHHH!**

—Olivia, tienes que quitar todo eso. Es demasiada nieve.

—Bueno, prepárenme otro pastel de cumpleaños —les dijo Olivia.

Entonces le prepararon otro pastel y Olivia pidió otro deseo.

Respiró profundamente:
Ahhhhhhhhh,

y sopló fuertemente las velitas:
Ffffffffffffff.

Inmediatamente comenzó a llover. Llovió y llovió y toda la nieve se derritió.

—Qué buen deseo —dijo su papá—. Pediste lluvia.

Pero siguió lloviendo mucho más, y el jardín del frente de la casa se llenó de agua.

—Pero, ¿cuánta lluvia pidió? —preguntó la mamá.

—Olivia —le preguntó su papá—, ¿pediste **una** vez?

—No —contestó Olivia.

—Olivia —le preguntó su papá—, ¿pediste **dos** veces?

—No —contestó Olivia.

—Olivia —le preguntó su papá—, ¿pediste **tres** veces?

—Sí —contestó Olivia—, pedí **LLUVIA, LLUVIA** y **más LLUVIA.**

—¡OH, NO! —gritó su mamá. Los padres de Olivia corrieron a la cocina y le hicieron otro pastel de cumpleaños con velitas arriba. Luego la mamá le dijo a Olivia: —Mira, ahora sólo pide **una** vez "QUE BRILLE EL SOL". Eso es todo, sólo **QUE BRILLE EL SOL.**
Y eso fue lo que Olivia hizo. Pidió: **QUE BRILLE EL SOL.**

Entonces respiró profundamente:
 Ahhhhhhhhh,

y sopló fuertemente las velitas:
 Ffffffffffff.

Inmediatamente el sol salió, todo se calentó y toda el agua se secó. La mamá y el papá salieron al jardín del frente de la casa y miraron alrededor. —Esto está mejor —dijo la mamá—. Olivia pidió que brillara el sol, sólo que brillara el sol y sólo **una** vez.

Mientras tanto, en la casa, Olivia había hecho otro pastel de cumpleaños.

Entonces respiró profundamente:
  Ahhhhhhhhh,

y sopló fuertemente las velitas:
  Ffffffffffff.

La mamá y el papá corrieron adentro y gritaron:
—¡Olivia!, ¿pediste sólo **una** vez?

—NOOOO.

—¿Pediste **dos** veces?

—NOOOO.

—¿Pediste **tres** veces?

—SÍÍÍÍ.

—Ay, Olivia, ¿cuál fue tu deseo esta vez?

—Bueno —dijo Olivia—, pedí **DINERO, DINERO y más DINERO.**

—Pues mira… —dijo su papá—, el dinero es algo muy difícil de conseguir. No se puede pedir dinero así como así. Creo que eso no se te cumplirá.

Olivia contestó: —Espera y verás.

Justo entonces, apareció un camión frente al jardín de la casa de Olivia, y descargó una enorme pila de billetes de cien dólares.

—¡Yupi! —dijo Olivia—. Miren todo el dinero de mi cumpleaños.
Y salió corriendo con una gran bolsa para basura, y comenzó a llenarla con billetes.

—Eres muy pequeña para tener tanto dinero —dijo su papá—. El dinero es mío. Y salió con otra bolsa aún más grande.

—¡Ahh, nooo! —dijo la mamá—. Creo que su mami es la que debe cuidar este dinero. Y salió con otra bolsa gigantesca.

El papá y la mamá comenzaron una gran discusión sobre el dinero.

Olivia corrió a la casa y se dijo: "Un momento, yo no pensé que este dinero iba a causar tantos problemas. Así que me haré otro pastel de cumpleaños". Y así fue, hizo otro pastel, le puso sus velitas y pidió un deseo.

Entonces respiró profundamente:
Ahhhhhhhh,

y sopló fuertemente las velitas:
Ffffffffffff.

La mamá y el papá la oyeron soplando las velitas y corrieron adentro.

—Olivia —dijo el papá—, ¿pediste **tres** veces?

—NOOOO.

—¿Pediste **dos** veces?

—NOOOO.

—¿Pediste **una** vez?

—SÍÍÍÍ.

—Una vez —dijo su papá—, sólo una vez. Bueno, eso quiere decir que todo estará bien. ¿Qué fue lo que pediste?

—Bueno… —contestó Olivia— yo pensé en algo que me hiciera feliz, que me mantuviera ocupada, algo que todos nosotros hemos dicho que queremos, así que pedí ¡UN NUEVO BEBÉ!

—Un momentito —dijo el papá—, tú no sabes cómo son estas cosas. No puedes pedir un nuevo bebé así como así. Creo que eso no se te cumplirá.

—Espera y verás —dijo Olivia.

—Yo no tengo que esperar —dijo la mamá—. Cuando ella pidió nieve, tuvo la nieve. Cuando ella pidió lluvia, tuvo la lluvia. Cuando ella pidió que brillara el sol, tuvo el sol. Y cuando ella pidió dinero, tuvo el dinero. Ahora ella pidió un bebé. ¡Así que yo creo que sí tendremos un bebé!

—Esto es una locura —dijo el papá—. Olivia, retira ese deseo.

—Está bien —contestó Olivia—, retiraré ese deseo. De todas formas, yo realmente no quiero *un* bebé, ¡QUIERO TRES!

Editorial Services in Spanish by VERSAL EDITORIAL GROUP, Inc.
www.versalgroup.com

Agradecemos la ayuda prestada por el Concejo de Artes de Canadá (Canada Council for the Arts), el Concejo de Artes de Ontario (Ontario Arts Council) y el Gobierno de Canadá (Government of Canada) a través del programa Book Publishing Industry Development Program (BPIDP) para nuestras actividades editoriales.

Cataloging in Publication
Munsch, Robert N., 1945-
[Wait and see. Spanish]
   Espera y verás / escrito por Robert Munsch ; ilustrado por
Michael Martchenko ; traducido por Rigo Aguirre.

Translation of: Wait and see.
ISBN 1-55037-872-4

   I. Martchenko, Michael II. Aguirre, Rigo III. Title. IV. Title:
Wait and see. Spanish.

PS8576.U575W3518 2004   jC813'.54   C2004-901046-8

Distribuido en Canadá por:
Firefly Books Ltd.
66 Leek Crescent
Richmond Hill, ON L4B 1H1

Publicado en U.S.A. por Annick Press (U.S.) Ltd.
Distribuido en U.S.A. por:
Firefly Books (U.S.) Inc.
P.O. Box 1338, Ellicott Station
Buffalo, NY 14205

Impreso y encuadernado por Friesens, Altona, Manitoba
Printed in Canada

Visítenos en: www.annickpress.com